प्रणीता

एक मर्डर मिस्ट्री

मोहम्मद जुनैद

pencil

ISBN 978-93-5458-951-5
© MOHD JUNAID 2021
Published in India 2021 by Pencil

A brand of

One Point Six Technologies Pvt. Ltd.
123, Building J2, Shram Seva Premises,
Wadala Truck Terminal, Wadala (E)
Mumbai 400037, Maharashtra, INDIA
E connect@thepencilapp.com
W www.thepencilapp.com

Author biography

मोहम्मद जुनैद, छब्बीस साल का है, जुनैद 2 साल से किताब लिखने की कोशिश कर रहा है। जुनैद ने लघु फिल्म में भी निर्देशन किया है और लघु फिल्म की कहानी और पटकथा भी लिखते हैं। यह उनका पहला किताब है।

CONTENTS

Acknowledgements

यह किताब काल्पनिक है। लोगों, इस किताब से जीवित या मृत, या घटनाओं से कोई भी समानता विशुद्ध रूप से संयोग है।

सबसे पहले मैं हर उस पाठक का शुक्रिया अदा करना चाहता हूं जो इस किताब के पन्नों के माध्यम से मेरी कहानी को जीवंत बनाने जा रहे हैं। मैं इस पुस्तक के माध्यम से पाठकों तक पहुंचने के लिए बेहद धन्य महसूस कर रहा हूं और उन सभी को एक बड़ा श्रेय देना पसंद करूंगा, जैसा कि आप जानते होंगे, जैसे मैं इस किताब का लेखक हूं, 'आप' लेखक के निर्माता हैं। मुझमें, 'तुम' का उद्देश्य है कि मैंने यह पुस्तक क्यों लिखी और 'आप' ही मेरी कहानी को पढ़कर जीवन देने वाले हैं। खैर, अब मैं उन लोगों के नाम लेना चाहूंगा जिनके बिना यह किताब लिखना संभव नहीं होता। मैं अपने भाई और बहन का हमेशा आभारी हूं और रहूंगा जिन्होंने हमेशा मुझ पर विश्वास किया और मुझे मेरी इच्छा का मार्ग चुनने के लिए प्रोत्साहित किया। यही कारण है कि मुझे खुद पर और अपने सपनों पर विश्वास

करने की हिम्मत हुई। मैं अपने सबसे करीबी दोस्तों को धन्यवाद देना चाहता हूं कि उन्होंने मुझे इस पुस्तक को पूरा करने के लिए प्रोत्साहित किया।

एक बार फिर आपका धन्यवाद!

प्रणीता

आज का दिन।

होटल प्लाजा - रात।

होटल के कमरे की शावर चालू है, आज्जू (फिल्म निर्माता) नहा रहा है, अचानक किसी ने आज्जू के कमरे का दरवाजा बुरी तरह खटखटाया। अगर अज्जू को दरवाजा खोलने में कुछ सेकंड और लगते हैं तो व्यक्ति दरवाजा तोड़ देता, क्योंकि वह बहुत गुस्से में है। अचानक उसने दरवाज़ा खटखटाना बंद कर दिया...अज्जू ने धीरे से दरवाज़ा खोला, तभी अचानक वह अनजान व्यक्ति वापस आया और कमरे में घुस गया।

"नहीं , मुझे छोड़ दो...मुझे जाने दो। तुम क्या चाहते हो...मैं तुम्हें बहुत सारा पैसा दूंगा...कृपया मुझे जाने दो?"

अज्जू उस व्यक्ति से अपनी जान की भीख मांगता है, लेकिन वह उसकी एक नहीं सुनता और उसे धारदार चाकू से मार देता है।

###

टेलीविजन पर समाचार- सुबह। समाचार वाचक (महिला) , "यह बताया गया है कि प्रसिद्ध बॉलीवुड फिल्म निर्माता अज्जू की बीती रात होटल के कमरे में घुसकर किसी ने बेरहमी से हत्या कर दी है। पुलिस मामले की जांच कर रही है लेकिन अभी तक अपराधी का पता नहीं चला है।"

अगले दिन, पुलिस टीम यह पता लगाने के लिए कि हत्यारा कौन है, घाटना स्थल पर पहुंचती है?

एसीपी रमन सिंह, 'हत्या का कोई सुराग मिला? कोई निशान? जाँच करें कि कल कौन उनसे मिलने आया था, और होटलों के सभी कैमरों की जाँच करो, शव को पोस्टमॉर्टम के लिए भेजो।"

"सर हमने कैमरा चेक किया लेकिन कुछ नहीं मिला और कल डू नॉट डिस्टर्ब का कमरे के दरवाजे पर टैग किया गया था।" सुबह रूम सर्विस वाला आया तो उसने अपने कार्ड से दरवाजा खोला और शव देखकर डर गया और मैनेजर को सूचना दी।" सब इंस्पेक्टर चेतन माने ने जवाब दिया।

एसीपी रमन सिंह ने कहा, "उसे बुलाओ... उससे जानकारी ले लो। शायद उसे कुछ पता हो , पता करें कि पास के कमरे में कौन रह रहा था। शायद उन्होंने कुछ सुना हो।"

एसीपी रमन सिंह शव की ओर देखते हैं...सोचते हुए धीमी आवाज में बोलते हैं। "पता करें कि कल रात किसके साथ था। क्या कोई था?"

"ठीक है" सब इंस्पेक्टर चेतन माने ने जवाब दिया।

###

कुछ दिन पहले.......दिल्ली-भारत.......

प्रणीता के घर दिल्ली में एक रुकी एंबुलेंस से दो आदमी शव लेकर उतरे, बहुत तेज बारिश हो रही है. वे शव को लेकर घर के अंदर जाते हैं। शव को देखकर प्रणीता की मां जोर-जोर से चीखने-चिल्लाने लगती हैं।

माँ, "परी.... परी, आँखें खोलो, मुझसे बात करते हुए, कुछ कहो, चुप क्यों हो? कुछ कहो, तुम्हारे पिता अब तुमसे नाराज़ नहीं हैं। अब कुछ कहो। परी। क्या तुम अपनी माँ से बात नहीं करोगी?

यश भागता हुआ घर में दाखिल होता है, और बारिश के कारण फिसल जाता है.... प्रणीता का शव देखकर उसकी आंखों में आंसू आ जाते हैं। माँ दौड़ती हुई यश के पास आती है और कहती है,

"देखो यश, "प्रणीता कुछ नहीं कह रही है। आप इसे मुझसे बात करने के लिए कहें। क्या तुम अपनी माँ से बात नहीं करोगे? चुप क्यों है? कुछ बोलो बेटा।"

"माँ कृपया अपना ख्याल रखें" फिर यश ने अपने पिता के कंधे पर हाथ रखा... पिताजी, "मैं अपना ख्याल कैसे रखूँ? मैंने मना किया था, रोका भी था, क्या तुम जानते हो, जीवन का सबसे बड़ा दुख क्या है? एक छोटी बेटी का अंतिम संस्कार करना।

मेरा एक सपना था, मैं अपनी प्यारी बेटी को राजकुमारियों की तरह शादी करके घर से विदा करुंगा। हे मेरे भगवान! इस दिन को देखने के लिए मुझे जीवित क्यों रखें? मुझे मार देते, मैं अब मरना चाहता हूं।

###

प्रणीता की शव के आसपास कुछ लोग बैठे हैं, *"दुनिया में जो कुछ भी हो रहा है, उसमें भगवान की मर्जी है, उसे कोई रोक नहीं सकता. हमारा जीना और मरना पहले से तय है।"* .. यश भी वहीं बैठा है। और वह रो रहा है।

यश अपने घर के आंगन में बैठा है और प्रणिता की बचपन की हरकतों को याद करता है।

"आप ऐसे किसी गुंडों के साथ लड़ाई कैसे शुरू करते हैं? यश ने कहा।

"जब तक तुम मेरे साथ हो, कोई मुझे नुकसान नहीं पहुँचा सकता।"

यश, "अरे..यह ऐसी फिल्म नहीं है जहां नायक एक ही समय में कई लोगों को मारता है...

" मुझे पता है कि तुम फट्टू हो, अगर कोई मुझे चिढ़ाता या परेशान करता है तो तुम मेरी मदद नहीं करोगे? प्रणीता ने कहा।

"चिढ़ाना तो दूर, कोई आंख उठाकर देख भी ले तो मैं उसकी आंखें फोड दूंगा।" बोलते हुए यश ने प्रणीता को गले लगाया...

###

सभी लोग श्मशान घाट में हैं और यश प्रणीता के शव को अग्नि [1](अंतिम संस्कार) देते हैं।

###

यश सो रहा है और एक सपना देखा .... कुछ लड़के प्रणीता का पीछा कर रहे हैं और वह प्रणीता का हाथ पकड़ लेता है ...

"हम से क्या शर्मना हम लोग तो आपके अपने हैं" दीपक ने कहा।

"क्या तुमने अपना चेहरा आईने में देखा है" प्रणीता ने कहा।

"मैं हर दिन अपना चेहरा देखता हूं। अब तुम कटरीना या दीपिका नहीं हो... तुम्हें प्यार करने के लिए कोई हीरो मिलेगा...तो तुम्हें मुझसे ही प्यार करना पड़ेगा।"

"छोड़ो मेरा हाथ, मुझे जाने दो, नहीं तो मैं तुम्हें अपने पैर से ऐसी जगह घायल करुंगी, पूरी जिंदगी आईने के सामने खड़ा होकर नृत्य करेगा।"

दीपक "अरे...देखो...तुम्हारी भाभी का खून बहुत गर्म है... बोलती है तो आग निकल रही । सुनो, यह तुम्हारा अहंकार है...

तुम इसे थोड़ा कम करो, नहीं तो यह आपको महंगा पड़ेगा। मैं तुम्हें ऐसी हालत में बना दूँगा कि तुम्हारा मुँह दिखाने लायक नहीं रहगी।"

"मेरे रास्ते से हट जाओ।" प्रणीता ने कहा।

"नहीं तो क्या करोगी"

प्रणीता, वह पूरे जोश के साथ कहती है, "मैं नहीं ... वह करेगा ... तुम अपने पीछे देखो"!

उनके पीछे यश खड़ा है। वे मुड़े और चौंक गए। यश को देखकर दीपक डर जाता है।

दीपक (डरते हुए बोला) तुम कौन हो? यहाँ से चले जाओ। यहाँ मेरे जीवन का प्रश्न है... मैं तुम्हें अपने जीवन से अधिक कीमती चाँद के एक टुकड़े के सामने नहीं मार सकता।

यश, "आपने मेरी बहन को चाँद का टुकड़ा कहकर बहुत बड़ी गलती की है। और आज के बाद तुम्हारा जीवन कभी भी सवालों में नहीं फँसेगा।"

"क्या तुम मुझे हराओगे" दीपक ने कहा।

गुस्से से भरे चेहरे से बोलता है, यश, "तुमने गलत सुना... मैं सिर्फ तुम्हें ही नहीं पीटूंगा... मैं तुम सबको मार डालूंगा"।

यह सुनकर दीपक को बहुत गुस्सा आता है और वह अपने एक से लड़के यश को पीटते हुए अपने पास लाने के लिए कहता है।

"उसे पकड़ो ... और उसे खींचकर मेरे पैरों पर रख दो।"

तभी एक आदमी आगे आता है और यश उसे पीटता है और वह लड़का जमीन पर गिर जाता है। उनमें बहुत लड़ाई-भिड़ाई होता है, चंद मिनटों के बाद दीपक अपनी जान की भीख मांगता है।

"भाई, मुझे छोड़ दो। मैंने बहुत बड़ी गलती की है "दीपक ने कहा।

लेकिन यश किसी को नहीं छोड़ते, सभी को बुरी तरह मारते हैं। और आखिर में यश दीपक को मार देता है। इस दौरान यश को काफी चोट आई।

प्रणीता ने यश के हाथ पर पट्टी बंधी ।

यश, "ऐसी परेशानी क्यों उठाते हैं...? जिसके नतीजे ऐसे हैं...?

"आप अपनी बहन की रक्षा भी नहीं कर सकते" प्रणीता ने जवाब दिया।

यश, "कब तक? आखिरकार, एक दिन तुम शादी करोगी और इस घर से चले जाओगी... मुझसे बहुत दूर। "

"अगर हम चले गए तो क्या हमारा रिश्ता खत्म हो जाएगा? अगर मुझे कभी कोई समस्या हो, तो क्या आप मेरी मदद नहीं करेंगे" प्रणीता ने कहा।

यश, "जो भी तुम्हें समस्या देगा मैं उसे मार डालूंगा"

"नहीं तो तुम्हें राखी ²बांधने का क्या फायदा, जब तुम अपनी बहन की रक्षा नहीं कर सकते".... प्रणीता ने कहा।

अचानक यश आंखें खोलता है और कहा...यश, "मैं तुम्हारे हत्यारे का पता लगाऊंगा... और उसके साथ भी वैसा ही होगा जैसा उसने तुम्हारे साथ किया था।"

###

यश दिल्ली एयरपोर्ट पर है और अपने दोस्त शुभम से फोन पर बात करता है। नमस्कार! शुभम... मुझे पता भेजें...

"ठीक। मैं आपको भेजता हूं। मुंबई पहुंचने के बाद मुझे फोन करना।" शुभम ने कहा।

"ठीक है, मैं करता हूँ।"

###

शुभम के दिए पते पर टैक्सी रुकती है....यश ने अपना बिल चुका दिया और बिल्डिंग में चलाना शुरू कर दिया। खिड़की पर अस्मिता उसे देख रही है....और वह बहुत उत्साहित है।

अस्मिता, " वो मुस्कान और धीमी आवाज़ से कहती है" ऊह हू... क्या लड़का है...तुम अब चले गए, मेरे प्यार में... अस्मिता ने अपने कमरे का दरवाजा खोला और बोली... नमस्ते! मैं हूँ अस्मिता...तुम्हारी पड़ोसी.... "नमस्ते।"

यश ने उत्तर दिया।

यश अश्मिता पर ज्यादा ध्यान नहीं देता और अपने कमरे में चला जाता है... यश ने दरवाज़ा बंद कर लिया...

अस्मिता, "एटिट्यूड, इतना एटीट्यूड... एक दिन आप इस आशु से प्यार पाने के लिए तरसेंगे। उसने धीमी आवाज में यह शब्द कहा... और अपने कमरे में लौट आई और दरवाजा बंद कर लिया।

###

यश प्रणीता के घर चला गया है। कार बिल्डिंग में रुकी हुई है। और वह उसकी मंजिल पर चला गया। और कमरे में ताला लगा है... क्योंकि यही वह जगह है जहां प्रणीता की हत्या हुई थी... उसने बाएँ और दाएँ देखा और दरवाज़ा खोल दिया। धीरे धीरे...वह कमरे में दाखिल हुआ। और कुछ खोज रहा हूँ... "परी, यह कौन सी जगह है? मैं तुम्हारे कातिल को कैसे ढूंढ सकता हूँ...? ऐसा कुछ...पता लगाने के लिए? उसने धीमे स्वर में यह शब्द कहा... और अचानक यश का फोन बज रहा है। और वह कॉल रिसीव करता है।

"पिताजी क्या आपको प्रणीता का मोबाइल मिला...?"

"नहीं....क्या हुआ यश।? क्या तुम थीक हो?" यश के पिता ने फोन पर जवाब दिया।

"हां पिताजी! मैं ठीक हूं...लेकिन अब वह ठीक नहीं होगा...जिसने मेरी बहन को मारा है।"

"तुम कुछ भी करो बेटा। उससे पहले हमारे बारे में भी सोचो, कि तुम्हारी माँ और तुम्हारे पिता भी हैं... हमने प्रणीता को खो दिया है। अगर आपके साथ भी ऐसा कुछ हुआ तो हम भी ऐसे ही मरेंगे...यश।"

"हां पिताजी। मैं तुम्हें वापस फोन करुंगा.... अपना ख्याल रखना ..."

कॉल डिस्कनेक्ट होने के बाद, यश प्रणिता के फोन की तलाश शुरू कर देता है ... यश को प्रणिता का मोबाइल फोन बिस्तर के नीचे मिलता है .... यश फोन को अपनी जेब में रखता है और अपने घर की ओर जाता है... यश ने शुभम को कॉल किया और सभी कॉल विवरण ट्रेस करने के लिए प्रणीता का फोन नंबर साझा किया।

"मैं तुम्हारे साथ एक मोबाइल नंबर साझा कर रहा हूं। पिछले दो महीने की कॉल डिटेल चाहिए।"

"यह थोड़ा मुश्किल है ... लेकिन मैं कोशिश करता हूं।" शुभम ने जवाब दिया।

शुभम की बात सुनकर यश गुस्सा हो जाता है।

"थोड़ा मुश्किल मत कहो। अगर मैं कहा तो मुझे विवरण चाहिए..."

"ठीक है। मैं कोशिश करूंगा...लेकिन इसमें कुछ समय लगेगा।"

"आप बस मुझे ये विवरण दें..."

"यह किसका नंबर है?" शुभम ने पूछा।

"तुम्हें इस्से क्या करना हैं?"

"बताओ, यह किसका नंबर है?"

"आपको पता चल जाएगा कि यह किसका नंबर है तो आप मेरा काम नहीं करेंगे"

शुभम, "मुझे बताओ"

"मेरी बहन प्रणीता का मोबाइल नंबर है..."

"जिस्की हत्या हुई है?" शुभम ने पूछा।

"हाँ" यश ने उत्तर दिया।

यह सुनकर शुभम डर गया... और कहा,

"मैं यह नहीं कर सकता। अगर कुछ गलत हुआ तो मेरा करियर बर्बाद हो जाएगा। आप ऐसे व्यक्ति के नंबर की कॉल डिटेल मांग रहे हैं। जो इस दुनिया में भी नहीं है..."

यश, "वो मेरे सपने में आई...उसने मुझसे कहा कि मैं हमेशा उसकी रक्षा करूंगा। उसने कहा कि मैं जहां भी रहूं, किसी भी हाल में रहूं, मेरी रक्षा करो। तो अब मुझे पता चला कि अगर किसी ने उसकी हत्या कर दी है, तो मैं चुपचाप कैसे बैठ कर देख सकता हूँ? जिसने भी ऐसा किया उसे इसकी कीमत चुकानी पड़ेगी..."

"मैं पता लगाने की कोशिश करूंगा...लेकिन इस सब में मेरा नाम नहीं आना चाहिए।" शुभम ने जवाब दिया।

###

प्रणीता की हत्या से कुछ महीने पहले ।

प्रणीता स्टूडियो में ऑडिशन दे रही है,

'हाय! मेरा नाम प्रणीता है, मेरी उम्र 25 साल की है, ऊंचाई 5.5 इंच है।"

और फिर उसने अपना संवाद शुरू किया, "तुम मेरी जिंदगी में क्यों आए? सब कुछ ठीक चल रहा था। कोई तनाव नहीं था। हे भगवान! अब मैं क्या करूँ, जब तुम मेरे अपने नहीं हो सकते थे तो मेरे पास क्यों आए? तुमने जो चाहा मिला तुम्हें मिल गया, फिर मुझे छोड़ दिया...?"

जब प्रणीता ने अपना ऑडिशन समाप्त किया, तो कैमरा मैन ने कहा,

"बहुत अच्छा। आपको अगले दौर के लिए बुलाया जाएगा।"

"क्यों ना शाहरुख़ या सलमान ख़ान के साथ फ़िल्म की जाए?" प्रणीता ने पूछा।

"मैडम, अगर डायरेक्टर/प्रोड्यूसर को आपकी एक्टिंग पसंद आती है, तो आपको कॉल किया जाएगा।"

"हाँ... मुझे पता है, मुझे कोई कॉल नहीं आने वाली।"

###

स्टूडियो के बाहर प्रणिता ने फोन चेक किया। प्रणीता के फोन पर निशा के 14 मिस्ड कॉल आए। प्रणीता निशा को बुलाती है।

प्रणीता, हेलो ! निशा, तुम कहाँ हो? "कॉल रिसीव क्यों नहीं हुआ?" निशा ने पूछा।

"हां। मैंने देखा 14 मिस्ड कॉल... आज ऑडिशन देने आयी थी ... तुम बताओ इतने कॉल क्यों...?

"सनी का फोन मेरे पास आया; कल एक पार्टी है। और फिल्म निर्माता / व्यवसायी हैं और कुछ राजनीतिक दलों के लोग भी आने वाले हैं। मैं तुमको सनी से मिलवाती हूं।" निशा ने कहा।

"ठीक। तुम मुझे पता भेजो और मैं कल तुमसे मिलुंगी।

निशा, "ओके बाय।

"प्रणीता, "ध्यान रखना।"

###

प्रणीता का घर, मुंबई - रात का समय ।

प्रणीता अपनी मां से वीडियो कॉल पर बात कर रही है...

प्रणीता फोन पर, "नमस्ते! माँ, कैसी हो...?"

"मैं ठीक हूँ, तुम कैसे हो?" माँ ने पुछा।

"मैं भी ठीक हूँ। बस आप सभी की बहुत याद आती है"

"प्रणीता! मेरी परी बेटी, मैं कह रहा हूं कि तुम घर वापस आ जाओ। हमारे परिवार में लड़कियां नौकरी नहीं करती... लेकिन तुम मुंबई चली गई... वो एक अनजाना शहर है। मुझे तुम्हारी बहुत परवाह है।" माँ ने कहा।

"नहीं माँ, मैं अब वापस नहीं आ सकती। पिताजी कैसे हैं? क्या वो अब भी मुझसे नाराज़ है?"

"उनका गुस्सा जायज है, प्रणीता। एक अनजान शहर में एक पिता अपनी बेटी को अकेले कैसे जाने दे सकता है? तुम खुद से ये स्वाल पुछो और देखो ... वो रोज तुम्हारे बारे में पूछते हैं।"

प्रणीता, "सॉरी मॉम। कृपया मुझे मजबूर न करें। जब मैं घर से निकली, मैंने बस यही सोचा था कि आज मैं जो कुछ भी करने जा रही हूं पापा बहुत नाराज होंगे, लेकिन एक दिन उन्हें मुझ पर गर्व होगा... और उनकी प्यारी बेटी से वह कितने दिन तक नाराज रह सक्ते है? जब वे नहीं चाहते थे, तो मैं उड़ जाऊँगा, फिर वह मुझे परी क्यों कहते हैं?"

"तुम्हारे पिताजी ने प्यार से तुम्हारा नाम प्रणीता रखा।" माँ ने उत्तर दिया।

"और मैंने इस नाम को अपना जुनून बना लिया।" "तू बिलकुल अपने पिता के जैसे है।" माँ ने कहा।

"माँ, यश कैसा है?" प्रणीता ने कहा।

"यश भी ठीक है।"

प्रणीता, "ठीक है माँ अपना ख्याल रखना। मैं आपसे बाद में बात करुंगी।"

"ठीक! प्रणीता...अपना भी ख्याल रखना..." माँ ने कहा।

###

अगले दिन।

निशा प्रणीता को फोन करती है। तभी निशा के सामने एक कैब रुकती है...प्रनीता कैब से उतरती है...

निशा, "कहाँ थी तुम...? मैं कब से इंतज़ार कर रही थी...? इतना देर क्यों? फोन नहीं मिल रहा... क्या तुम जानते हो कि यह कितनी बड़ी पार्टी है? तो तुम इतनी देर क्यों कर रही हो ?"

"क्या तुम मुंबई के ट्रैफिक को जानती हो? चलो अंदर पार्टी में चलते हैं।" प्रणीता ने उत्तर दिया।

वे नाइट क्लब में प्रवेश करते हैं, वहां बहुत सारे लोग मौजूद होते हैं। कोई डांस कर रहा है, कोई शराब पी रहा है तो कोई लड़कियों के साथ फ्लर्ट कर रहा है. तभी निशा की नजर सनी पर पड़ी और उसने प्रणीता को बताया।

"देखो वह सनी है ... मैं तुमको उससे मिलाती हूं" "ठीक! चलिए चलते हैं"

निशा, "हाय ! सनी ... आप कैसे हैं? मेरी दोस्त प्रणीता से मिलो।"

"हाय! सुंदर महिलाओं! सनी ने कहा।

और सनी ने प्रणिता का हाथ चूमा।

"कहाँ से हो प्रणीता?"

प्रणीता ने धीरे से अपना हाथ छुड़ाया और जवाब दिया।

"नई दिल्ली"

"ठीक है... तो आप मुंबई कैसे आ गए?" सनी ने पूछा।

"मैडम एक अभिनेत्री बनना चाहती हैं... फिल्मों में अभिनय करना चाहती हैं।" निशा ने कहा।

"ठीक है, क्या आपने किसी फिल्म या किसी गाने में काम किया है?" सनी ने पूछा।

प्रणीता ने कहा, "नहीं"

"बचपन से ही इसे फिल्में देखने के बाद फिल्मों में काम करना चाहती हैं।" निशा ने कहा।

"तो क्या हुआ? मैं एक अभिनेत्री बनना चाहती हूं, और निश्चित रूप से एक दिन मैं एक अभिनेत्री बनूंगी।" प्रणीता ने उत्तर दिया।

"क्या इस फिल्म इंडस्ट्री में आपकी कोई पहचान है?" सनी ने पूछा

अगर कोई लिंक होता तो वह यहां नहीं होती... शाहरुख खान या सलमान के साथ किसी फिल्म में नजर आतीं। निशा ने जवाब दिया।

सनी ने कहा, 'देखिए शुरुआती लोगों के लिए कैसा होता है, फिल्मों में काम मिलना उनके लिए बहुत मुश्किल होता है, भले ही फिल्मों में छोटा रोल मिल जाए... और बड़ा रोल पाने के लिए कुछ बड़ा काम करना पड़ता है. . क्या आप क्या समझ

रही हैं? मैं किस बारे में बात कर रहा हूं?" सनी ने प्रणीता के बालों में हाथ घुमाया ...

प्रणीता (घबराहट की आवाज) "आई एम सॉरी ... मुझे समझ नहीं आ रहा है कि आप क्या कह रहे हैं।"

"अरे, निशा इससे कहो कि यह इतना आसान नहीं है।" सनी ने कहा।

निशा, "तुम क्या कमीने हो?"

"निशा, तुम जानती हो कि यहाँ भोलापन काम नहीं करता... कुछ करना है तो बेशर्म होना पड़ेगा।" सनी ने समझाया।

"निशा चलो यहाँ से। मैं अपनी व्यवस्था कर दूंगा।" प्रणीता ने कहा।

अरे! तुम कुछ नहीं कर पाओगे... मेरे कई परिचित हैं, उस अदामी को देखो, वह एक निर्माता है, वह यहाँ खड़ा है, अगर तुम हाँ कहती हो तो मैं उससे तुम्हारे लिए बात कर सकता हूँ?"

"निशा, यहाँ से चलते हैं। मुझे ऐसे लोगों का एहसान नहीं चाहिए, जो सिर्फ लड़कियों का इस्तेमाल करना चाहते हैं... जो

मर्द किसी औरत की इज्जत नहीं कर सकता, वो उसे क्या काम देगा?" प्रणीता ने कहा।

सनी, "हां जा ...और आसानी से काम मिल जाए तो मुझे भी बताओ... मैं भी फिल्म में काम करने आऊंगा."

प्रणीता वहाँ से चली जाती है...

###

निशा और प्रणिता कैब में बैठे हैं, प्रणीता बहुत गुस्से में है।

"प्रनीता," वह क्या बकवास बात करता है... वह खुद को क्या समझता है"?

"वह भी सही है। प्रणीता एक बार सोच कर देख लो... कौन हो तुम...? निशा ने कहा।

"तुम कहना क्या चाहती हो? क्या मैं सुंदर नहीं हूँ...? क्या मेरी हाइट कम है? या मेरा फिगर खराब है?"

"नहीं, तुममे में कोई बुरी बात नहीं है, बस तुम किसी फिल्म स्टार या किसी निर्माता की बेटी नहीं हो, जिसे तुमको फिल्म में काम मिल सके।"

"तो मुझे क्या करना चाहिए।" प्रणीता ने पूछा।

"तुम जानते हो कि तुमको क्या करना है .... तो सोचो और करो।"

"मैं यह नहीं करुंगी... मुझे क्षमा करें।" प्रणीता ने उत्तर दिया।

प्रणीता ने कैब रोकने को कहा... "गाड़ी रोको... मुझे इस कार से बाहर निकलना है।"

कैब रुक गई, प्रणीता कैब से उतरी...

###

प्रणीता की हत्या के कुछ दिनों बाद ।

यश का घर - मुंबई- सुबह का समय ।

दूध वाला दरवाजा खटखटा रहा था और यश कमरे में सो रहा था.... तभी अचानक उसकी आंख खुल गई.... दरवाजे पर एक दूधवाला (छोटा लड़का) खड़ा था।

यश, "कितनी बार कहा, घंटी नहीं बजानी है। पैकेट को चुपचाप रख दो और चले जाओ।"

"पता होना चाहिए मेरा पैसा सुरक्षित है या नहीं, कल आपने उठकर मुझसे कहा कि, "आपने दूध नहीं लिया है", तो मेरे पैसे का शुल्क किससे लिया जाएगा, है ना?"

यश हाथ में दूध का पैकेट उठाता है और कमरे का दरवाज़ा बंद कर देता है... यश का फोन बज रहा है, शुभम जो कि यश का दोस्त है, उसे प्रणीता की कॉल डिटेल मिल जाती है, लेकिन यश को उससे वादा करने के लिए कहता है कि किसी को पता न चले कि मैंने आपको डिटेल्स दी हैं। यश शुभम को आश्वस्त करता है कि वह इस बात को गुप्त रखेगा।

"हेलो! यश, मैंने प्रणीता की सारी कॉल डिटेल तुम्हारे फोन पर भेज दीया है, चेक कर लो।

"ठीक है"

और यश ने आखिरी नंबर डायल किया लेकिन कॉल का जवाब कोई नहीं देता।

###

नाइटक्लब - रात का समय।

यश एक नाइट क्लब में जाता है, वहा पे बहुत तेज गाना बज रहा है। यश वेटर से व्हिस्की मांगता है।

यश ने क्लब में एक लड़की को डांस करते देखा। लड़की यश को देखकर डर जाती है। वह यश से छिपने की कोशिश करती है, यश लड़की को छुपाता देख रहा है, वह उसकी ओर जाता है, और उसका पीछा करना शुरू कर देता है। यश को अपनी ओर आते देख लड़की डर जाती है और बाहर निकलने के लिए भागने लगती है...

लड़की दौड़ कर कार पार्किंग में जाती है। यश पार्किंग में उसका पीछा करता है। तभी कार की आवाज आती है.... यश ने कार तक पहुंचने की कोशिश की। लेकिन कार की स्पीड बहुत ज्यादा होती है और कार पार्किंग से बाहर हो जाती है।

यश सोच रहा है, "लड़की मुझे क्यों देख रही थी और क्यों भाग रही थी? शायद वह मेरी बहन के बारे में कुछ जानती है... या उसने मेरी बहन को मार डाला है?"

पार्किंग स्थल -समाचार चैनल टी.वी. ।

एक सुरक्षा गार्ड पार्किंग में बैठा टीवी में समाचार देख रहा है।

"मुंबई में हत्याओं की बढ़ती संख्या को देखते हुए, महिलाएं देर रात घर से निकलने से डरती हैं। अब तक 5 से ज्यादा हत्याएं हो चुकी हैं। लेकिन पुलिस अभी तक कातिल का पता नहीं लगा पाई है। इसे हम पुलिस की हार मानें या लापरवाही?? अब तक जितने भी खून हुए हैं, उन्हें बेरहमी से मारा गया है. इससे ऐसा लगता है कि पुलिस को जनता की परवाह नहीं है।"

यश , गार्ड को देखता है और पार्किंग स्थल से चला जाता है।

###

यश का घर - रात का समय ।

यश प्रणीता के मोबाइल फोन को चालू करने की कोशिश कर रहा है... और अचानक फोन चालू हो जाता है... प्रणीता के फोन पर अचानक से अपठित सन्देश आने लगता है... प्रणीता के फोन पर एक सन्देश प्राप्त हुआ, जिसमें लिखा था कि।

"हाय! प्रणीता तुम्हारे बैंक खाते में 25000k ट्रांसफर ... पार्टी में मिलते हैं कल सनी के फार्म हाउस पर .... मैं तुम्हे पता भेज रही हूं ....।

फिर यश उस नंबर पर कॉल करता है लेकिन वह नंबर नहीं मिलता है ... यश सोचता है कि, "एक बार वह उस पते पर जाकर पता लगायेगा कि यह संदेश किसने भेजा और किस उद्देश्य से, और उसने पैसे क्यों दिए"।

###

संदेश में दिया गया पता - फार्महाउस - रात का समय।

यश अपनी कार से बाहर निकलता है और फिर वह फार्म हाउस में जाता है... वहाँ बहुत सारे लोग हैं... कुछ लोग नाच रहे हैं... और कुछ लोग लड़कियों के साथ मस्ती कर रहे हैं... कुछ लोग नशे में हैं... यश उस व्यक्ति को खोजने की कोशिश कर रहा है जिसने प्रणीता के फोन पर संदेश भेजा था.।

यश की नजर एक लड़की पर पड़ती है जो उस रात नाइट क्लब में डांस कर रही थी और फिर उस लड़की ने यश को देखा तो वह उस रात उस जगह से भाग गई थी। यश उस नंबर पर कॉल करता है जिससे सन्देश आया था,... जब कॉल कनेक्ट होता है, तो निशा के फोन की घंटी बजती है, जो उस रात एक नाइट क्लब में थी... यश को फोन पर कॉल करते देख निशा घबरा जाती है। फिर वह यश से छिपने की कोशिश करती है.... इस बार यश उसे पकड़ लेता है।

###

फार्महाउस के बाहर- रात का समय।

यश कार से नीचे उतरता है और निशा को कार की डिग्गी से बाहर निकलता है।

निशा भागने की कोशिश करती है लेकिन यश उसे पकड़ लेता है...

"Please मुझे छोड़ दो।"

"कौन हो तुम... और मुझे देखकर क्यों भागती हो?

"जब मैंने तुम्हें पहली बार देखा तो डर गई थी... इसलिए भागी।" निशा ने कहा।

"तुमने प्रणीता को पैसे क्यों भेजे?.. क्या तुम जानति हो प्रणीता कहाँ है...?"

"नहीं" निशा ने कहा।

"उसकी हत्या हुई है... तुम्हारी वजह से... तुम्हारी वजह से जो यह गंदा काम करती हो ।

" यह सुनकर निशा डर जाती है। और वह बैठ कर रोने लगती है।

"तुमने प्रणीता को पैसे क्यों भेजे?"

"हम पार्टी में जाते हैं... जिसमें शहर के अमीर लोग शामिल होते हैं, निर्माता, फिल्म निर्देशक, बिजनेस मैन।

.प्रणीता ने सोचा कि उसे काम मिल जाएगा, इसलिए वह इन पार्टियों में जाया करती थीं।"

"तुम्हारी सारी गलती के कारण, प्रणीता की हत्या कर दी गई है।"

यश बहुत गुस्से में है और उसने अब निशा को थप्पड़ मार दिया।

"मुझे जाने दो, प्लीज़ मुझे उसकी हत्या के बारे में कुछ नहीं पता। मुझे कुछ नहीं पता..." निशा रो रही है ।

"बिना बताए वो कुछ दिनों तक ऐसे ही गायब रहती थी...फिर अचानक लौट आती थी...और कुछ बताती भी नहीं थी।" प्लीज़ मुझे छोड़ दो... प्लीज़।

"नहीं, ऐसा नहीं है, तुमने इतनी बड़ी गलती की है। तुमको इसकी सजा मिलनी चाहिए।" यश ने कहा।

"प्लीज़ मुझे जाने दो .... प्लीज़। प्लीज़...

" यश से बहुत भीख मांगने के बाद भी यश उसे जाने नहीं देता। यश ने निशा के सिर पर गन रख दी... ये देख निशा डर जाती है... और रोने लगती है...

"अब तुम मरोगी... तुम्हें मरना होगा।"

"नहीं! प्लीज़, मैंने कुछ नहीं किया, मैं बस उसकी मदद करना चाहती थी, और वो किसके साथ जाती थी, और कहाँ जाती थी, ये सब बातें सनी जानता हैं। प्लीज़ मुझे जाने दो।"

"कहाँ मिलेगा ये सनी...?" यश ने पूछा।

सनी गोवा में रहता हैं। वह अपना सारा काम वहीं से करता हैं। हर रविवार वह मुंबई आता है, तुम उससे पूछें। उसे पता होगा।" निशा ने कहा।

"वह मुंबई कहाँ आता है?" यश ने पूछा।

"जगह तय नहीं है... आने पर वह मुझे सूचित करता है।

" यश ने कहा, "क्या तुम्हारे पास उसकी कोई फोटो है?"

निशा, "हाँ, यह मेरे फोन में है।" निशा ने यश को सनी की फोटो भेजी । यश निशा को छोड़कर वहां से चला जाता है ।

###

दो दिनो के बाद......

यश कार चला रहा है और उसके फोन की घंटी बजती है; निशा का फोन आया है।

निशा ने फोन किया, "सनी आज मुंबई आ रहा है।"

"कहा पे? और मुझे पता भेजो।" यश ने कहा।

निशा, "हाँ। मैं तुम्हें अभी भेजती हूं।"

फिर वह यश को उसके फोन पर पता भेजती है।

###

नाइटक्लब - रात का समय ।

यश नाइटक्लब में जाता है और सनी को ढूंढता है। सनी को देखकर वह दौड़ता है और उसके पास जाता है। दोनों के बीच जबरदस्त भिड़ंत होती है। यश 8 बंदूकधारियों से घिरा हुआ है। एक व्यक्ति बंदूक लिए उसकी (यश) तरफ जाता है ... यश कोहनी से चेहरे पर वार करता है। इसके बाद यश 2 बंदूकधारियों को मरता है और बंदूक दो बार टैप करता है, और एक एसएमजी से एक स्प्रे देता है, जो बंदूकधारी को मरता है।

यश आगे बढ़ता है, और दो बंदूकधारी को बंदूक कि गोली मरता -चार 4 मर गए और चार बंदूकधारि शेष हैं।

यश एक खंभे के पीछे छिप जाता है । एक बंदूकधारी कोने के आसपास आता है, लेकिन गले पर प्रहार करके यश पुनः बंदूक को लोड करता है, और डबल गोली चलाता है।

यश ने एक तरफ अपने शरीर को उछाला, बंदूकधारि ने डायवर्जन स्प्रे किया और दूसरी तरफ से यश निकल आया। प्रत्येक चरण के साथ वह दो गोली मरता है, दो मर गया दो बंदूकधारि शेष हैं।

इसके बाद यश अन्य दो से लड़ता है, एक को उसकी पीठ पर पटकता है, और दूसरे को दो गोली मरता है। आखिरी बंदूकधारि को खत्म करता है।

सनी भागने की कोशिश करता है लेकिन यश एक कि सीढ़ी से नीचे आता है जब .... सनी द्वारा घात लगाकर हमला किया जाता

है, सनी एक बंदूक खींचता है, और यश को उसके कंधे में गोली मारता है, लेकिन यश बंदूक को दीवार में पटक देता है।

सनी डबल दरवाजों के एक सेट से भागने की कोशिश करता है, , और यश का सामना सनी द्वारा किया जाता है, सनी, यश के घायल कंधे को छूता है। ..दोनो तब तक वार करते रहे जब तक कि यश अपने पैरों से सनी को एक हेडलॉक में मरता है।

सनी ने कहा, "तुम मुझे क्यों मारना चाहते हो? मैंने तुम्हारा क्या किया है?"

यश बहुत गुस्से में है ।

"तुम एक हत्यारे हो, तुमने मार डाला है।" यश ने कहा।

"मैंने किसकी हत्या की है?" सनी ने पूछा।

"तुमने मेरी बहन प्रणीता को मार डाला... और अब इसकी कीमत तुम्हें चुकानी पड़ेगी।"

दोनों के बीच जमकर भिड़ंत होती है।

सनी ने कहा, "मैंने उसे नहीं मारा... मैंने प्रणीता को रॉकी के साथ भेजा था... उसके बाद उसने मुझसे बात नहीं की, वह कहीं छिप गई और उसके पास मेरे ड्रग्स भी है।"

यश ने सनी की गर्दन तोड़ देता है। यश भी घायल; उसे सनी ने मार दीया है। यश के कंधे पर गोली लगी है, जिससे काफी खून निकल रहा है। यश के हाथ-पैर भी बुरी तरह जख्मी हैं ।

बड़ी मुश्किल से यश अपने घर पहुंचता है।

अस्मिता यश को उसके कमरे की खिड़की से देखती है, यश घायल है। वह जल्दी से नीचे जाती है और यश को उसके कमरे में ले आती है।

अस्मिता ने कहा, "यह कैसे हुआ? आपको डॉक्टर के पास जाना चाहिए।"

"नहीं... डॉक्टर के पास नहीं जा सकता।" यश ने उत्तर दिया।

"देखो कितना खून बह रहा है...तुम्हें जल्द से जल्द इलाज की जरूरत है।" अस्मिता ने कहा।

"मेरे कंधे में गोली लगी है, तुम मेरे कंधे से गोली निकालो ।"

यह सुनकर वह डर जाती है।

"रुको ,नही। एक मिनट। मैं डॉक्टर नहीं हूं? मैं आपका ऑपरेशन नहीं कर सक्ति? यह मुझसे नहीं होने वाला है।"

यश का घाव बहुत गहरा है और अब वह बेहोश हो गया है। अस्मिता ने घबराई हुई आवाज में कहा,

"नहीं। नहीं। नहीं। रुको, प्लीज अपनी आँखें खोलो ... मैं तुम्हें मरने नहीं दूँगी।''

और फिर वह भाग कर अपने कमरे में जाती है और प्राथमिक चिकित्सा किट लाती है।

"आंखें खोलो... प्लीज... तुम अभी नहीं मर सक्ते... मैं तुम्हारे कंधे से एक गोली निकालने वाली हूं, कुछ दर्द होगा लेकिन प्लीज इसे सहन कर लेना।"

.

अस्मिता ने यश की शर्ट फाड़ दी और फिर ब्लेड को गर्म किया और उसके कंधे से गोली निकाल ली। फिर वह कंधे में टांके लगाती है।

###

अगली सुबह, यश अपनी आँखें खोलता है और खुद को ऐसी हालत में देखकर हैरान रह जाता है... तभी अस्मिता यश के कमरे में आती है और बोली,

"अब कैसा महसूस कर रहे हो?"

"बेहतर .... मेरी मदद करने के लिए धन्यवाद।" यश ने उत्तर दिया।

अस्मिता ने कहा, "ठीक है, मैं पूछना नहीं चाहती थी लेकिन यह सब कैसे हो गया।"

"कुछ चीजें हैं जो अगर आप नहीं जानते हैं तो बेहतर है।" यश ने उत्तर दिया। "

मैं तुम्हे जबरदस्ती नहीं करुंगी, जब भी तुम मुझे बताना चाहते हो, मेरा दरवाजा हमेशा खुला है तुम आ सकते हो।"

यश ने कहा, "ठीक है"

अब मुझे जाना होगा। तुम अपना ख्याल रखना।" अस्मिता ने कहा।

यश ने कहा, "ठीक है, ।"

यश के फोन की घंटी बजती है, शुभम ने प्रणीता के कॉल की सारी जानकारी निकाल ली है। शुभम यश को कॉल पर बताता है।

"हेलो!, यश मैंने प्रणीता की सारी कॉल डिटेल तुम्हारे फोन पर भेज दी है, चेक कर लो।" शुभम ने कहा।

"ठीक है...मैं देख लूंगा। धन्यवाद।" यश ने फिर फोन खेला और लास्ट डायल नंबर पर कॉल किया। नंबर पर घण्टी बज रहा है लेकिन कोई कॉल रिसीव नहीं कर रहा है। कॉल रिसीव न होने पर यश आखिरी डायल नंबर पर हेलो मैसेज भेजता है। त्वरित ऐसा संदेश उत्तर आता है।

"तुम कहाँ हो? मैं तुम्हारा इंतजार कर रहा था, लेकिन तुम नहीं आए। आज मुझसे मिलो, होटल प्लाजा। कमरा नंबर 502, रात".

और जवाब में, यश *"ओके"* का एक संदेश भेजेता है।

###

प्रणीता की हत्या से कुछ महीने पहले....

प्रणीता का घर (मुंबई) रात का समय-कमरे का मकान मालिक प्रणीता के कमरे के बाहर खड़ा होकर कमरे का किराया मांगता है ।

. मकान मालिक, "मैडम... 2 महीने हो गए लेकिन अब तक आपने अपने कमरे का पूरा एडवांस भी नहीं दिया... और अब आपने किराया भी नहीं दिया है। मुझे यह किराया कब मिलेगा?"

"मैं आपको 2...3...दिनों में किराया दूंगी।" प्रणीता ने उत्तर दिया।

मकान मालिक, "मैं आपका यह वचन पिछले 2 महीनों से सुन रहा हूं... मैडम ये 2. 3.. दिन भी नहीं आते... कब आएंगे...?"

प्रणीता ने कहा (गुस्से में बोलती है), "तुम्हें मिलेगा... तुम्हारा... किराया।"

"भगवान मेरा भला करे... हमें आप जैसे लोगों को कमरा नहीं देनी चाहिए... मैं आपको यह कमरा देकर फांस गया हूं। मैडम मेरा भी परिवार है। मेरे घर का खर्चा किराये के पैसे से पूरा होता है।"

प्रणीता मकान मालिक की बात को इग्नोर करती है औरअपने कमरे में चली जाती है।

###

महिलाओं का ब्यूटी पार्लर में कुछ लड़कियां साथ बैठी हैं, कोई फेशियल करवा रही है, कोई बाल कटवा रही है तो कोई फेस पैक लगा कर बैठी हैं।

कंचन ने कहा, 'मुझे एक आइटम सॉन्ग मिला है। मेरे शरीर को गोरा बनाओ। मैंने मौका पाने के लिए क्या नहीं किया...?"

प्रणीता भी वहीं बैठी है।

"तुमने क्या किया...?" प्रणीता ने पूछा

"यह बॉलीवुड है, मेरे जानेमन ... यहां जो दिखता है वही बिकता है" कंचन ने उत्तर दिया।

"क्या दिखाया?" प्रणीता ने पूछा।

"क्या तुम इस लाइन में नए हो? तुम धीरे-धीरे सब कुछ सीख जाओगी।" कंचन ने जवाब दिया।

"मुझे भी सिखाओ... मैं भी सीखना चाहती हूँ।" प्रणीता ने कहा।

कंचन ने कहा, "जल्दी क्या है?"

कंचन आईने में प्रणीता का चेहरा देखती है और फिर कंचन ब्यूटी पार्लर में बैठकर धूम्रपान करती है।

###

प्रणीता एक शॉपिंग मॉल में शॉपिंग कर रही है तभी निशा का फोन आता है।

निशा, "हाय। प्रणीता, मेरे पास ऑडिशन अपडेट है, एक बहन की भूमिका है... क्या तुम यह भूमिका करोगी...?"

"बहन की भूमिका?" प्रणीता ने उत्तर दिया।

निशा ने कहा, "हां" ।

क्या ... यह क्या है? ...तुमको पता है, मुझे हीरोइन बनना है...और तुम मुझे बहन का रोल दे रही हो...?" प्रणीता ने कहा।

"सुनो..तुम सुपरस्टार नहीं हो... इस तरह क्यों बोल रही हो, सिर्फ ऑडिशन है, बस जाओ और देखो क्या होता है।" निशा ने कहा।

अगर तुम सिलेक्ट हो जाती हो तो रोल कर लेना वरना कहीं और ट्राई कर लेना जो तुमको अपनी हीरोइन बनाना चाहता है...।

"ठीक है... तुम मुझे वह पता भेजो मैं जाउंगी।" प्रणीता ने उत्तर दिया।

"ठीक। बाई। ख्याल रखना ।

###

अगले दिन, ऑडिशन स्टूडियो, प्रणिता कैमरे के सामने खड़ी होती है और अपने संवाद बोलती है।

हाय ! मेरा नाम प्रणीता है,

और फिर उसने अपना संवाद शुरू किया, *"मैं जीवन में इतना ठोकर खाई हू कि मैं अब और नहीं जीना चाहती, दुख देने वाले*

बहुत से लोग हैं, लेकिन जिंदगी कैसे जिएं यह समझने वाला कोई नहीं..."

"ठीक है...बिल्कुल सही...आपसे फोन कॉल पर संपर्क किया जाएगा..." कैमरा मैन ने कहा।

"ठीक है, धन्यवाद" प्रणीता ने उत्तर दिया ।

###

कुछ दिनों बाद प्रणीता को स्टूडियो से कॉल आती है।

"हाय ...मैं प्रणीता से बात कर रही हूँ?" कॉल पर बात करती एक लड़की ने कहा ।

"हां। तुम कौन हो?" प्रणीता ने उत्तर दिया।

"आपने कुछ दिन पहले हमारे स्टूडियो में ऑडिशन दिया था और आपका चयन हो गया है..."

" शूटिंग कब शुरू हो रही है?" प्रणीता ने पूछा।

"आपको 2 दिन बाद आना होगा... मैं आपको सुबह 11 बजे स्टूडियो पहुंचने के लिए एक पता भेजती हुं।" और कॉल कट हो जाती है।

###

अधिक ट्रैफिक के कारण प्रणीता उस पते पर नहीं पहुंच पाती... जब वह उस पते पर देर से आती है तो उसका रोल दूसरी लड़की को दे दिया जाता है... जब प्रणीता कास्टिंग टीम से इसका कारण पूछती है, तो वह कहती है कि, " तुम्हें देर हो गई, इसलिए हमने यह रोल दूसरी लड़की को दे दी है, अब तुम काम नहीं करोगे।"

यह बात प्रणीता के दिल पर दुखने लगती है और फिर वह वहां से निकल आती है ।

###

प्रणीता ऑटोरिक्शा में बैठकर घर जा रही है.... तभी प्रणीता का फोन आता है....

प्रणीता ने कहा, "हेलो!"

फोन से आवाज है, "मैडम आपका मकान मालिक बोल रहा है, मैंने सोचा कि मैं आपके साथ थोड़ा सा हाल चाल ले लू। क्योंकि अपको हमसे मिलने का भी वक्त नहीं मिलता...आज 3 दिन बीत गए।"

"किराया मिलेगा... चिंता मत करो।" प्रणीता ने उत्तर दिया।

"मैडम जी। अब बहुत हो गया.... आपके पास 07 दिन का समय है या तो मुझे मेरा किराया दो या तुम मेरा घर खाली कर दो...।

मकान मालिक ने फोन काट दिया.... प्रणीता रो रही है....।

###

मरीन ड्राइव- रात का समय।

प्रणीता समुद्र के किनारे बैठ कर रो रही है। वह पूरी तरह से हार चुकी है। रोज ऑडिशन दे ही है और काम नहीं मिल रहा है... वह सोचती है कि उसे वापस दिल्ली जाना चाहिए, लेकिन वह घर वापस जाने के लिए दिल्ली से नहीं भागी थी,.. वह अपने पिता के बारे में, अपनी मां के बारे में और उन लोगों के बारे में सोचती है जिन्हें उसने हजारों किलोमीटर दूर छोड़ दिया था।

###

प्रणीता अपने घर में अकेली है। उसने पूरी तरह से हार चुकी है। वह रात भर रोती है। वह पूरी रात धूम्रपान करती है और शराब पीती है।

###

प्रणीता सनी के पास जाती है, और फिल्म में काम पाने के लिए वह गलत काम करने लगती है... सनी प्रणीता को पार्टियों में ड्रग्स बेचने के लिए कहता है। वह इस काम को करने के लिए

राजी हो जाती है। सनी प्रणीता, फिल्म निर्माता, राजनेता, बिजनेस मैन के साथ एक बैठक की व्यवस्था करता है... इस मुलाकात के दौरान, वह प्रणीता को पैसे देता है।

ऐसे ही कई दिन बीत जाते हैं ।

सनी के साथ काम करने के बाद प्रणीता के पास काफी पैसा है जिससे वह अपने मकान का किराया अपने मकान मालिक को देती हैं।

"ये है आपका अब तक का पूरा बैलेंस।" प्रणीता ने कहा।

"मैडम जी, वाह... आपने आज मुझे बहुत खुश किया है।"

"और यह 3 महीने का अग्रिम किराया है।" प्रणीता ने कहा।

"3 महीने का अग्रिम? मैडम, इतने पैसे कहाँ से लाए? क्या तुमने कोई बैंक लूटा है?”

"तुम्हें इससे क्या? । तुम्हें अपना पैसा मिल गया... अब मुझे परेशान मत करो।"

###

प्रणीता एक पार्टी में जाती है। जहां उसकी मुलाकात एक फिल्म प्रोड्यूसर अज्जू से होती है। अज्जू अपनी फिल्म में मुख्य भूमिका देने का प्रणीता से वादा किया है। लेकिन इससे पहले वह उसे अपने साथ सोने के लिए कहता है।

अज्जू, "आप मेरी फिल्म में मुख्य भूमिका निभाएंगी?"

नाइटक्लब में बहुत तेज आवाज वाला गाना बज रहा है, जिसके चलते प्रणीता को थोड़ा जोर से बोलना पड़ रहा है।

"हाँ बिलकुल।" प्रणीता ने उत्तर दिया।

यह सुनकर अज्जू खुश हो जाता है और प्रणीता को कुछ कहने के बहाने अपना मुंह प्रणीता के कान के पास ले जाता है।

"आपको बस एक बार मेरे साथ एक रात बितानी है और मैं आपको अपनी फिल्म में मुख्य भूमिका दूंगा।" अज्जू ने कहा।

यह कहते हुए वह उसे किस करना चाहता है लेकिन प्रणीता उसे रोक देती है।

"हम्म... मैं आपको अपना नंबर देती हूं, आप मुझे कॉल करें।"

प्रणीता अपना कांटेक्ट नंबर देकर चली जाती है।

###

आज का दिन।

होटल प्लाजा - रात का समय ।

होटल के कमरे की शावर चालू है...अज्जू नहा रहा है...अचानक किसी ने होटल के कमरे का दरवाजा बुरी तरह खटखटाया... अगर अज्जू को दरवाजा खोलने में कुछ सेकंड और लगते हैं तो वह शायद दरवाजा तोड़ देता है क्योंकि वह बहुत गुस्से में है... और अचानक उसने दरवाज़ा खटखटाना बंद कर दिया... और जब अज्जू ने धीरे से दरवाज़ा खोला तो अचानक वापस आ गया.... वह अज्जू को धक्का देकर कमरे में घुस गया।

"नहीं, तुम मुझे छोड़ दो प्लीज, मुझे जाने दो, तुम्हें क्या चाहिए? मैं तुम्हें बहुत सारा पैसा दूंगा, कृपया मुझे जाने दो।" अज्जू ने कहा।

"तुमने मेरी बहन को मार डाला, वह तुम्हें मिलने क्यों आई? और तुम उससे होटल के कमरे में क्यों मिलना चाहते थे।" यश ने पूछा।

"वह फिल्म में काम चाहती थी, एक फिल्म में काम मिलना इतना आसान नहीं है, उसने मेरे साथ सोने के लिए एक सौदा किया था और बदले में मैं उसेअपनी फिल्म में मुख्य भूमिका के रूप में काम दूंगा।

"कमीने, क्या तुम इस तरह अपनी फिल्म में लोगों को काम देते हो? तुम्हारी वजह से मेरी बहन की जान चली गई है। क्या तुम्हें लड़कियों के साथ सोने का शौक है? आज मैं तुमाहरे इस शौक को पूरा करता हूं। मैं तुम्हें हमेशा के लिए सुला देता हूँ।" यश ने उत्तर दिया।

"नहीं, प्लीज मुझे जाने दो, मैंने तुम्हारी बहन को नहीं मारा, प्लीज मुझे जाने दो। मुझे जाने दो।

कई मिन्नतों के बाद भी यश ने अज्जू पर दया नहीं की और उसे मार डाला।

###

अगले दिन, पुलिस टीम यह पता लगाने के लिए कि हत्यारा कौन है, घटना स्थल पर पहुंचती है।

एसीपी रमन सिंह, "हत्या का कोई सुराग मिला? कोई निशान? जाँच करें कि कल कौन उनसे मिलने आया था, और होटलों के सभी कैमरों की जाँच करो, शव को पोस्टमॉर्टम के लिए भेजो।"

"सर हमने कैमरा चेक किया लेकिन कुछ नहीं मिला और कल डू नॉट डिस्टर्ब का कमरे के दरवाजे पर टैग किया गया था।" सुबह रूम सर्विस वाला आया तो उसने अपने कार्ड से दरवाजा खोला और शव देखकर डर गया और मैनेजर को सूचना दी।" सब इंस्पेक्टर चेतन माने ने जवाब दिया।

एसीपी रमन सिंह ने कहा, "उसे बुलाओ... उससे जानकारी ले लो। शायद उसे कुछ पता हो , पता करें कि पास के कमरे में कौन रह रहा था। शायद उन्होंने कुछ सुना हो।"

एसीपी रमन सिंह शव की ओर देखते हैं...सोचते हुए धीमी आवाज में बोलते हैं। "पता करें कि कल रात किसके साथ था। क्या कोई था?"

"ठीक है" सब इंस्पेक्टर चेतन माने ने जवाब दिया।

###

पुलिस थाना,एसीपी रमन सिंह को थाने में फोन आया है। सब इंस्पेक्टर चेतन माने ने कहा,

"सर! आपके लिए एक कॉल है, उनका कहना है कि अब तक जितने भी मर्डर हुए हैं, उसकी जानकारी आपको देनी है। और वह केवल आपसे बात करेगा।"

एसीपी रमन सिंह ने कहा, 'हेलो !

और फोन से आवाज आती है...

"रमन?"

"हां। बोलो, तुम कौन हो?" एसीपी रमन सिंह ने पूछा।

"मैं कौन हूँ सर ये मत पूछो, तुमने ऐसा क्यों किया? मुझे जानना है।

"तुम क्या चाहते हो? एसीपी रमन सिंह ने पूछा।

मैं सिर्फ एक अच्छी जिंदगी जीना चाहता हूं। मैं तुम्हारी तरह नहीं जीना चाहता, यहाँ तक कि तुमने लोगों को मार डाला, और किसी को पता भी नहीं चला।" कॉल पर अज्ञात व्यक्ति ने कहा।

एसीपी रमन उसकी बात सुनकर थोड़ा डर जाते हैं।

"तुम क्या चाहते हैं?" एसीपी रमन सिंह ने पूछा।

"बहुत सारा पैसा ... और आजादी" अज्ञात व्यक्ति ने उत्तर दिया।

"मुझे बताओ कि हत्या किसने की, और तुम कौन हो? आत्मसमर्पण कर दो, नहीं तो मैं तुम्हें कुछ भी कहने का मौका नहीं दूंगा। एसीपी रमन सिंह ने जवाब दिया।

"अच्छा, तुम मुझे धमकी दे रहे हो? और तुम जानना चाहते हो कि मैं तुम्हारे साथ क्या कर रहा हूं? इसलिए, मुझे खोजने के लिए जितना हो सके उतना समय लगा लो। मैं यह भी देखता हूं कि पुलिसकर्मी कभी खुद तक पहुंचते हैं या नहीं।" अज्ञात व्यक्ति ने उत्तर दिया।

अचानक कॉल कट जाती है। जब कॉल काट दी जाती है तो एसीपी रमन सिंह कॉल को ट्रेस करने के लिए सब-इंस्पेक्टर चेतन माने से कहता है।

"इस नंबर को ट्रेस करो, और पता करो कि कॉल कहां से आया और किसने किया?" एसीपी रमन सिंह ने कहा।

"ओ'के सर" सब इंस्पेक्टर चेतन माने ने जवाब दिया।

###

यश घर में अकेला बैठा है। अपनी बहन प्रणीता के बारे में सोच रहा हैं। वह प्रणीता की फोटो देख रहा हैं.... यश उन्हें बहुत मिस कर रहा हैं. वह सोच रहा है कि कैसे उसकी बहन की बेरहमी से हत्या की गई है.

###

पुलिस टीम अज्ञात व्यक्ति के नंबर का पता लगाती है जो रॉकी का कॉल था और उसे गिरफ्तार करने के लिए उसके घर जाता है। पुलिस को अपने घर पर देखकर रॉकी भागने की कोशिश करता है लेकिन पुलिस टीम उसे पकड़ लेती है।

###

3 दिन बाद टीवी पर, अज्जू हत्याकांड की खबरबॉलीवुड के मशहूर फिल्म निर्माता हत्याकांड का हत्यारा गिरफ्तार; इस मामले में पुलिस को सफलता मिली है।

जिस आरोपी की फोटो टीवी पर दिखाई जा रही है वह रॉकी का है जो प्रणीता के साथ था। (जैसा कि सनी ने यश से कहा था)।

###

पुलिस थाना,रॉकी को गिरफ्तार करने के बाद पुलिस उसे पूछताछ के लिए थाने ले आई।

"मुझे बताओ, तुमने किसके कहने पर लोगों को मार डाला? और तुमने लोगों को क्यों मारा।" एसीपी रमन सिंह ने पूछा।

"मैंने किसी को नहीं मारा।" रॉकी ने जवाब दिया।

"यह पुलिस थाना ही एक ऐसी जगह है जहाँ लोग पहले खुद को बेकसूर बताते हैं और फिर 5 मिनट के बाद वो पूरा सच बोलने लगते हैं।" एसीपी रमन सिंह ने कहा।

"मैंने किसी को नहीं मारा।" रॉकी ने फिर जवाब दिया।

"तो तुमने उस दिन मुझे फोन क्यों किया था?... और तुमने यह क्यों कहा कि तुम्हें पता है, हत्या किसने की है।" एसीपी रमन सिंह ने पूछा।

"हां मुझे पता है।" रॉकी ने जवाब दिया।

###

10 घंटे बाद

रॉकी को बस में बैठकर कोर्ट ले जाया जा रहा है... अचानक एक कार बहुत तेज रफ्तार में आती है... और पुलिस वैन का पीछा करती है... और पुलिस वैन को ओवरटेक करते हुए कार आगे बढ़ जाती है... कुछ देर बाद, कार पूरी गति में वापस आती है... पुलिस वैन चालक कार के सामने घबरा जाता है... वैन नियंत्रण खो देता है... वैन गड्ढे में लुढ़क जाती है... फिर काली कार पुलिस वैन के सामने आकार रुक जाती है ... फिर काली कार यश बाहर निकलता है ... सभी पुलिसकर्मी घायल हो गए हैं। यश ने पुलिस वैन का दरवाजा खोला, रॉकी को कंधे पर उठाकर वह वहां से चला गया।

####

यश रॉकी को निर्माणाधीन इमारत में ले जाता है... यश रॉकी के चेहरे से कपड़े हटा देता है। यश ने रॉकी को बहुत बुरी तरह पीटा.... चेतन माने फोन पर रमन सिंह को सूचित करता हैं,

"सर रॉकी भाग गया है... और पुलिसकर्मी भी घायल है।"

यह सुनकर एसीपी बहुत नाराज हो गए और कहा,

'पता करो कहां गए है। उनका पीछा करो... किसी तरह, वे बच नहीं सके, मैं चाहता हूं कि उनहे तुम किसी भी हालत में लाओ , जिंदा या मुर्दा ले आओ। मुझे परवाह नहीं है, बस लाओ। यह मेरा आदेश है। हर जगह नाकाबंदी कर दो। ”

"ओके सर" सब इंस्पेक्टर चेतन माने ने जवाब दिया।

####

प्रणीता की हत्या से कुछ महीने पहले ।

पुलिस एक दिन नाइट क्लब में छापेमारी करती है। छापेमारी में कई लड़कियां पकड़ी जाती हैं, लेकिन कोई हाई प्रोफाइल शख्स नहीं पकड़ा जाता। पुलिस एसीपी रमन सिंह ने प्रणीता

को एक कमरे में बेहोश पाया। एसीपी रमन सिंह प्रणीता को अपनी कार में लेकर अस्पताल ले जाते हैं।

###

प्रणीता की आँख खुली तो खुद को अस्पताल में देख हैरान रह जाती है...

"मैं अस्पताल कैसे पहुंची? और मैं यहाँ कब से हूँ?" प्रणीता ने पूछा।

"मैडम आप 6 महीने से कोमा में थीं... आज आप होश में आ गई हैं।" एसीपी रमन सिंह ने कहा।

प्रणीता ने कहा, "क्या? 6 महीने?"

"हां" एसीपी रमन सिंह ने कहा।

प्रणीता ने कहा, "मुझे घर जाना है।"

"जरूर... लेकिन अब घर जाने का कोई मतलब नहीं है।" एसीपी रमन सिंह ने कहा।

"आपका क्या मतलब है? घर जाने का कोई मतलब नहीं है।" प्रणीता ने पूछा।

"मुझे लगता है कि वह आपको भूल गए है, क्योंकि कोई भी आपसे मिलने नहीं आया था, और किसी ने आपसे संपर्क करने की कोशिश नहीं की।" एसीपी रमन सिंह ने कहा।

"मैं मुंबई में अकेली रहती हूँ" प्रणीता ने कहा।

"डॉक्टर, जल्द ही आपको छुट्टी दे देंगे। तब मैं तुम्हें तुम्हारे घर छोड़ दूंगा। एसीपी रमन सिंह ने कहा।

###

रमन की कार प्रणीता के घर पर रुकती है। रमन कार का दरवाजा खोलता है, प्रणीता कार से बाहर आती है....

"धन्यवाद" प्रणिता ने कहा।

प्रणीता जैसे ही कार से थोड़ा आगे जाती है, रमन उसे जन्मदिन की बधाई देता है।

एसीपी रमन सिंह ने कहा, "जन्मदिन मुबारक" ।

"धन्यवाद, लेकिन आप कैसे जानते हैं कि आज मेरा जन्मदिन है?" प्रणीता ने पूछा।

"मेरे पास आपकी आईडी है।"

"इसका मतलब है कि मैं सिर्फ एक दिन बेहोश थी... हे भगवान, तुमने चौंक दिया।" प्रणीता ने उत्तर दिया।

"मैंने भी सुबह एक संकेत दिया था लेकिन आप शायद नहीं समझे।" एसीपी रमन सिंह ने कहा।

प्रणीता ने कहा, ''चलो। मेरे कमरे में आओ। चलो मेरा जन्मदिन मनाते हैं।

"क्यों नहीं, चलो।" एसीपी रमन सिंह ने जवाब दिया।

फिर दोनों कमरे में जाते हैं और प्रणीता रमन सिंह को ड्रिंक ऑफर करती है ।

इस तरह कुछ दिन गुजरने के बाद दोनों के बीच नजदीकियां बढ़ती गईं और दोनों एक दूसरे से प्यार करने लगे। रमन सिंह ने उस रात की बात प्रणीता को कभी नहीं बताया और न ही प्रणीता ने कभी पूछा। लेकिन रमन सिंह उसे गलत धंधे से बचाना चाहते था ।

###

कुछ दिन गुजरने के बाद , प्रणीता का फ़ोन बज रहा है ।

. "हेलो...डार्लिंग ...आज मूड कैसा है? तुम इन दिनों कुछ नहीं कर रही हो। .... क्या हुआ... हीरोइन बनने का वह जुनून कहां गया?" सनी ने कहा।

"हाँ ,मुझे याद है। मैं अभी कुछ दिनों से किसी से नहीं मिली हूं।" प्रणीता ने उत्तर दिया।

"तुम मुझसे 30 मिनट में मिलो ।" सनी ने कहा।

और कॉल डिस्कनेक्ट हो जाती है।

###

प्रणीता सनी के पास जाती है और सनी उसे ढेर सारा ड्रग्स वाला बैग देता है ।

"यह बैग ले लो और इसे अपने पास रखो और जब मैं तुमसे कहूं, तो इसे सुरक्षित स्थान पर पहुंचना है।" सनी ने कहा।

"ठीक है" प्रणीता ने जवाब दिया।

प्रणिता बैग लेती है और उसे अपने घर में छुपा लेती है ।

###

3 दिन बाद सनी ने रॉकी को फोन किया और कहा,

"प्रणीता के घर जाओ। उसे बताओ मैंने उसे बैग दिया था, अब उस बैग को सही जगह पहुचाने का समय आ गया है।"

"ओके" रॉकी ने कॉल पर जवाब दिया ।

###

आज का दिन।

यश रॉकी को निर्माणाधीन इमारत में ले जाता है... यश रॉकी के चेहरे से कपड़े हटा देता है। यश ने रॉकी को बहुत बुरी तरह पीटा..... चेतन माने को वॉकी टॉकी पर पुलिस का वॉयस कॉल आता है...

"सर, जिस कार का विवरण आपने दिया था, वह कार मिल गई है। अभी, वह दादर पश्चिम में एक निर्माणाधीन इमारत के पास आकर रुका है... शायद उसके साथ और भी लोग हों।

"ओके " सब इंस्पेक्टर चेतन माने ने जवाब दिया।

वॉकी टॉकी को डिस्कनेक्ट करने के बाद, चेतन माने ने एसीपी रमन सिंह को सूचित किया।

"सर उसकी लोकेशन मिल गई है, अभी उसे दादर वेस्ट में एक निर्माणाधीन बिल्डिंग के पास देखा गया है। यदि आदेश है तो एक बैकअप ट्राम भेजें?"

"ओके" एसीपी रमन सिंह ने जवाब दिया।

###

"तुमने प्रणीता को क्यों मारा...? मुझे बताओ नहीं तो मैं तुम्हें मार डालूंगा।" यश ने पूछा।

यश रॉकी को बहुत प्रताड़ित करता है।

"तुम मुझे छोड़ दोगे लेकिन फिर भी वह मुझे मार डालेगा जिसने तुम्हारी बहन को मार डाला।" रॉकी ने जवाब दिया।

"बताओ मेरी बहन को किसने मारा?" यश ने पूछा।

पुलिसकर्मी इमारत को चारों तरफ से घेर रहे हैं।

"इमारत को चारों ओर से घेरो, कोई बचकर न भागे सबको मार डालो।" एसीपी रमन सिंह ने कहा।

"अरे ... क्या तुमको लगता है कि मैं बेवकूफ हूँ? मुझे बताओ कि तुमने मेरी बहन को क्यों मारा?" यश ने रॉकी से पूछा।

रॉकी जोर से हंस पड़ा...

"हाहाहाहाहाहाहाहा! मैं मरने वाली हूँ। तुमको लगता है कि मैं इस बार तुमसे झूठ बोलूंगा? बहार जो एसीपी आया है, वह हत्यारे को पकड़ने नहीं आया है। मारने आया है। मुझे और तुम्हारे वो हम दोनो को मार देगा।

यश गुस्से में है लेकिन वह रॉकी की बात सुनता है...

"वह तुम्हें क्यों मारेगा ...?" यश ने पूछा।

उसने कहा, 'क्योंकि हत्या किसने की है...मैं सिर्फ यह जानता हूं, और वह यह बात जानता है। जब उसने हत्या की तो मैंने एक वीडियो बनाया। मैंने इसकी एक प्रति सेफ करके रखा है।

मेरे घर के बाहर एक कार है, उसमें मैंने रखा है, सीट के नीचे मेरी पेन ड्राइव है। तुम यहां से चले जाओ वरना एसीपी तुम्हें भी मार डालेगा। रॉकी ने कहा।

यश खिड़की से बाहर कूदता है और वहां से भाग जाता है। और अचानक पुलिस टीम कमरे में दाखिल हुई। एसीपी रमन सिंह ने रॉकी को गोली सारी सीने मे गोलियां मारी...1. 2.. 3.. 4.5...6. ...और रॉकी मार जाता है ।

रॉकी की लाश के पास पुलिस एसीपी रमन सिंह है, कमरे की जाँच करने के बाद, सब इंस्पेक्टर चेतन को अंदर आने दिया और बाकी को बाहर भेज दिया।

"सभी को बाहर रहने के लिए कहो। एसीपी रमन सिंह ने कहा।

"हाँ सर" सब इंस्पेक्टर चेतन माने ने जवाब दिया।

"मैं इस जगह की जाँच करना चाहता हूँ।" एसीपी रमन सिंह ने जवाब दिया।

तभी उसकी नजर (एसीपी रमन सिंह) जमीन पर गिरे फोटो पर पड़ती, वह फोटो किसी और की नहीं बल्कि प्रणीता की है। यह देखकर रमन चौंक जाता है।

###

यश तेजी से दौड़ता है और रॉकी की कार के पास पहुंचता है और जैसा उसने कहा, सीट के नीचे से पेन ड्राइव लेता है और यश ने वीडियो चलाया.....

"तुम्हारी हिम्मत कैसे हुई मेरे काम में दखल देने की?" प्रणीता ने कहा।

"तुमने मुझसे वादा किया था कि तुम इस काम को दोबारा शुरू नहीं करोगी।" एसीपी रमन सिंह ने कहा।

"मुझे फिल्म में काम चाहिए, नाम चाहिए। प्रसिद्धि चाहते हैं। जो तुम मुझे नहीं दे सकते।" प्रणीता ने जवाब दिया।

"तो, तुम जाकर उन सबके साथ रात बिताओगी और ऐसे काम पाओगी..? क्या तुम उन्हें ड्रग्स बेचोगी? एसीपी रमन सिंह ने पूछा।

"हां, मैं बेचोगी। क्योंकि मैं एक मशहूर फिल्म स्टार बनना चाहती हूं। और इसके लिए मुझे जो करना होगा मैं करूंगी।" प्रणीता ने जवाब दिया।

*"तुम बी*च...तुम जैसी लड़कियों की वजह से सभी लोग बदनाम हैं।*

एसीपी रमन सिंह बोलते-बोलते प्रणीता का गला घोंटने लगता है...और जब तक प्रणीता मर नहीं जाती तब उसका गला नहीं छोड़ता है ...

सनी ने रॉकी को बैग लेने के लिए भेजा था... लेकिन कमरे से आवाज आने के बाद वह रुक गया और अपने मोबाइल में वीडियो रिकॉर्ड कर लिया।

रॉकी के घर तलाशी लेने गई पुलिस... तभी यश की नजर एसीपी रमन सिंह पर पड़ती है., वह खूंखार जानवर की तरह उस पर झपट पड़ता है... दोनों में खूब मारपीट होती है... और दोनों के बीच सब इंस्पेक्टर चेतन माने के कंधे पर भी गोली लग जाति है... लंबी लड़ाई के बाद, यश ने रमन को अपनी

बंदूक से गोली मार दी। और यश भाग जाता है और वह रमन की जेब से प्रणीता की फोटो लेता है।

###

प्रणीता के माता-पिता टीवी पर समाचार देख रहे हैं और वे दोनों भावुक हो गए। न्यूज़ चैनल पर,।

"मुंबई हत्याकांड का हत्यारा बीती रात पुलिस के साथ मुठभेड़ में ढेर हो गया। और मुठभेड़ में एसीपी रमन सिंह की जान चली गई... और सब इंस्पेक्टर चेतन माने को वीरता का पदक दिया जाएगा। इंस्पेक्टर चेतन माने को एक वीडियो रिकॉर्डिंग भी मिली है जिसमें एसीपी रमन ने कुछ दिन पहले प्रणीता नाम की लड़की की हत्या कर दी थी... जो अपना घर और परिवार दिल्ली से छोड़कर मुंबई आई थी अपना सपना पूरा करने के लिए?

###

मरीन ड्राइव- सूर्यास्त शाम- यश अस्मिता के साथ बैठा है और अपनी बहन की प्रणीता की फोटो देखता है। यश की हालत

देखकर अस्मिता समझ जाती है कि उस रात क्या हुआ होगा....और फिर दोनों गले मिले और यश ने अस्मिता को चूम लिया.।

समाप्त